もみじの言いぶん

文と写真 村山由佳

*
永遠のセブンティーン
もみじに捧ぐ

もみじ

(♀永遠の17歳　三毛)

本連載の主人公。房総・鴨川で誕生したが、なぜか関西弁。男を見る目のない作家のかーちゃんに付き添ってあちこちを転々とし、長野県軽井沢町で今生を旅立った。半世紀も猫を飼ってきた飼い主をして「こんなに猫らしい猫を見たことがない」と言わしめる、村山家のお局様。

銀次

(♂12歳　メインクーン)

体重8キロ、大柄だが気は優しく、犬にも人間にも動じない、村山家のお客様おもてなし担当。中身はたぶん、おばさん。鳴き声は「んるる?」。

サスケ

(♂4歳　黒のハチワレ)

妹の〈楓〉とともに村山家の一員となった。極度のビビリの反面、とんでもない甘えん坊。鳴き声は常にひらがなで、「わあ」。

楓

(♀4歳　サビ色の三毛)

〈サスケ〉兄ちゃんの鈍くささを嘲笑うかのように、わざと危ないところへ上ってみせるおてんば娘。〈銀次〉おぢさまのことが大っ好き。短い尻尾がコンプレックス。鳴き声は「いやあん」。

青磁

(♂10歳　ラグドール)

真っ青な瞳の美しい貴公子だが、性格はやや屈折している。飼い主が亡くなったため、暖かな南房総から軽井沢へと連れてこられた。ただ今、他の猫たちとの共存方法を模索中。怪鳥のように「めけぇっ」と鳴く。

※年齢は2019年3月現在

01 安眠妨害

　どちらさんも、ご機嫌さん。〈もみじ〉ですー。
　しばらく留守しとってかんにんやで。

　ここな、最近のうちの居場所。
　かーちゃんととーちゃんが毎日、前を通るたんびに、
「もみちゃん、おはよ」
「今日も可愛らしねえ」
「行ってくるわな。すぐ帰るから待っときや」
「おやすみ、もみじ。夢に出てきてな」
　て、しょっちゅう話しかけてくるから、ぜんぜん淋しないねん。
ちゅうか、むしろ安眠妨害やっちゅうねん。正味の話。

　あとな、二人とも気ぃついてないみたいやけど……。
　ベッドの上、こっからまーる見えやで。まーる見え。
　ええのんかいな。知らんで。

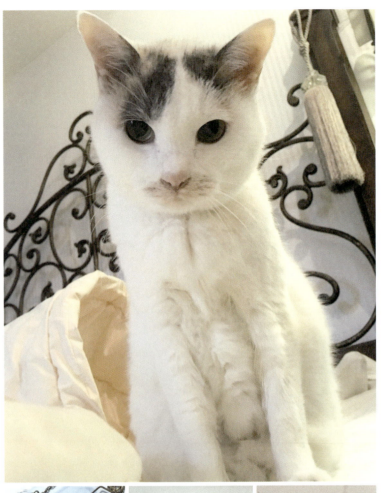

02 ずっと一緒

　うちのかーちゃんな。言うたら何やけど、アカンタレやねん。うちがそばにおらんようなってすぐの頃なんか、べそべそ、じめじめ、ほんま鬱陶しかってん。
　皆さん、知っとる？　あのボトル形のネックレス。中に、
〈これってもしかして天使の骨やないん？〉
　いうくらい神々しい、うちの骨を納めたあのネックレス。
　ガラスやし、この家の床はタイルやし、あの女のこっちゃからカクジツに落として割るやろ？　お出かけの時はともかく、ふだん家におる間は、危なかしゅうて身に着けられへん。

　せやけど、な、これやったら心配要らんのんちゃう？　内側の窪みに大事なもん入れて、樹脂で固められるようになってんねんて。
　銀の指輪、買うたったんはとーちゃん。
　かーちゃんはそこに、うちの奥歯のちっちゃいかけらを入れよった。
　これでずっと一緒やん。ずぅーっと。
　ほんま鬱陶しゅうてかなんわ。

03 花は咲く

　若い時分はうち、ほんまによう遠出しとった。
　放浪癖っちゅうのかいな。家から一歩出たとたんに、散歩やら旅やら区別つかんようになりさらして、時間も日にちも忘れてほっつき歩いてまうねん。
　今考えたら、かーちゃんめっちゃ心配しとったやろなぁと思うけど、反対にうちのほうが待たされることかてぎょうさんあってんから、おあいこやん、なあ？
　年とってからはもう、外へは全然出ぇへんようになってしもたし、たまに抱っこしてもろて外の世界を眺めるのんは、なかなか愉しかったで。

　今年もそろそろ、庭にむらさき色の花が咲く。
　うちの好きな花や。名前知らんけど。

04 爪をととのえる

　かーちゃんが小学校に上がった頃やから、おおかた半世紀も前の話やけどな。

　新しく買うてもろた赤いランドセルが嬉しゅうて嬉しゅうて、後生大事に枕もとに置いて寝たんやて。

　朝起きたら、どないなってた思う？

　当時、家におった〈チコ〉いう名前の猫が、夜中に乗って爪とぎしよって、ふたが一面おろし金みたいにバリバリの傷だらけやがな。

　一年生のかーちゃんはめっちゃ悲しかったけど、ここで泣いたらチコがかーちゃんのかーちゃんに怒られる、思て我慢して、そのランドセルで六年間通したらしい。けなげやんかいさ。

　ちゅうか、そんな大事なもんを見えるとこに置いといたらアカンわいな。

　ランドセルだけやない、家具かて何かてそうやで。

　うちらの前に置いたぁる、ちゅうことは、「どうぞこちらで爪をおとぎ下さい」いうこっちゃんか。

　そらアカン。あんたが悪いわ。なあ？

05 わからせる

　腹立った時はな。無理に我慢したらあかん。
　遠慮して、言いたいこと飲みこんで、おなかに溜めといたところで、あとから大爆発すんねやったらおんなじこっちゃろ？
　それやったら、ふだんから小爆発でガス抜きしといたほうがなんぼかマシや。
　大事なことはな、「今うちは怒っとんねんで！」いう事実と、「こっから先は絶対譲ったげへんで！」いう境界線を、いやっちゅうほど相手に思い知らせたるこっちゃ。
　言うてもわからんようなら、わかるまで断固として口きいたれへん。背中向けて、呼ばれても無視し続けるんや。
　ほんで、さんざ反省させて、土下座で涙ながらに謝らしといてから、しゃあなしで許したんねん。お詫びのしるしに一晩じゅう腕枕さしてな。
　ま、そんくらいお灸すえたったら、相手も懲りて、おんなじ間違いを二度とは繰り返さんようになるやろ。

　何ごとも最初が肝腎や。〈猫と下僕〉も、〈女と男〉も。
　ちょお、かーちゃん、聞いとる？　あんたに言うてんねん。

14

06 歯を大切に

　かーちゃんのかーちゃんはキミコさんいうねんけどな、わりかし早(はよ)うから、総入れ歯やってんて。

　ほんで、はめると痛い言うて、すぐはずしては出すもんやから、旦那のシロさんから、「お前のんは〈入れ歯〉やのうて〈出し歯〉じゃ」て言われててんて。

　ひどぃぃー。けど、うまいこと言わはるー。

　おまけに、その出し歯をそこらへんに置いてたら、家で飼(こ)うてたでっかい犬にパクッと奪われて、ばぁりぼぉり嚙(か)み砕かれてしもてんて。

　教訓──自分の歯ぁは、ほんま、だいじにせなあかんで。

　うち？　うちはめっちゃ丈夫やってん。動物病院のインチョ先生が、セブンティーンの歯とは思えません、て誉(ほ)めてくれはったくらい。ほら、見たって。こんな感じ。

　けど、口ん中に悪いおできが出来たやろ？　それで、とうとう奥歯だけ抜くことになってん。

　今、かーちゃんが指輪の内側に入れてるのんは、その小(ち)っちゃいほうのかけら。大(お)っきいほうは、うちのおなかみたいに真っ白な小物入れに、だいじにしもぉとる。

「もみちゃんはさすがやねえ。抜いた歯ぁまでウサギさんのかたち」やて。

　相変わらずの、親バカちゃんりん。

07 冷えは大敵

　オンナって、どないしても冷え性やん。

　ストーブ焚こうが布団にもぐろうが、いっぺん冷えた手足の先まではなかなかあったこうならん。うちなんか、寝るとき絶対かーちゃん呼びつけるもん。あれ、うちのアンカやし。ドMやから、アゴで使たったら喜びよるし。

　冷えにくい身体を作るためには、夏でも、冷たいもんばっかり飲んだり食べたりしたらあかんのんよ。

　うちはな、お湯が好き。

　猫舌？　何それ。

　うちが好きなんは、お風呂くらいの熱めのお湯や。元気やった頃は、バスタブの縁に飛び乗ってよう飲んどったわ。かーちゃんが浸かっとる間は、よけ飲みやすいねん。お湯のかさがめっちゃ増すから。めっちゃ。

　かーちゃん、うちが飲む間は、できるだけ波立てんようにじーっとしといてくれたわ。

　今でも、毎朝うちに供えてくれるグラスには、水やのうてお湯が入っとる。

　ええやろ。へへん。

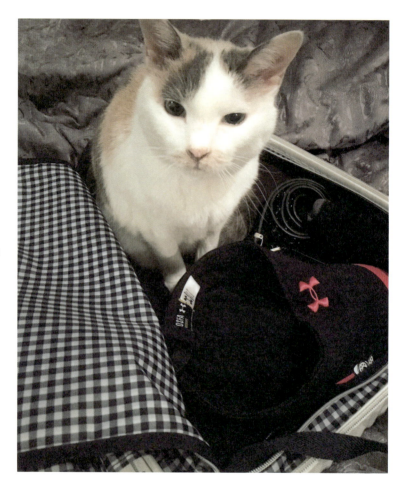

08 留守番

　うち、留守番きらい。ほんまにきらい。
　かーちゃんがうちを置いてどっか行く時はすぐわかる。前の晩に荷物の用意始めるやん。そん時に選ぶカバンの種類で、だいたいの見当つくねんよ。今度はどれくらい長いことほっとかれるか。
　近所に、家族同然のオバハン、もとい、〈オトちゃん〉いうかーちゃんの友だちが住んどってな。毎日、うちのごはんの世話やらウンコの片付けに来よるから、別に不自由っちゅうほどのことはないんやけど……なんや知らん、ほっとかれると腹立つ。
　かーちゃんおらなんだら、うち、寝る時どないしたらええねんな。アンカも枕もないねんで！　どない思う？
　仕事やからしゃあないて、そんなん知らんし。ゴルフも仕事のうちとか、意味わからんし。

　帰ってきたかて絶対、口きいたれへん。
　思い知ったらええのや。
　うちが、どんだけ怒っとるか。
　どんだけ寂しいのん我慢しとったか。

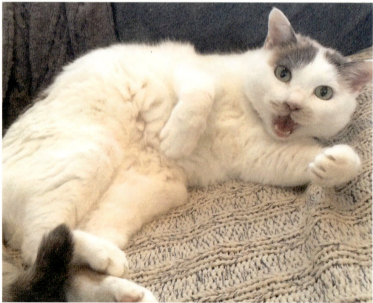

09 待ち受ける

　前にな、かーちゃんがだいぶ長いこと留守やったことがあってん。
　うち、腹立って腹立って、ふて寝しとった。
　かーちゃんなんかもう絶対許さへん。帰ってきたかて、背中向けるとか腕枕さすとか、そんなもんで済ましたるかい。一生、こんりんざい、口きいたらん。泣いて苦しんだらええのや。どんだけ悔やんだところで、世界じゅう探してもうちの代わりはおらんのやで。覚悟しとき。

　カシャ、て頭の上で音がした。目ぇあいたら、かーちゃんがおるやんかいさ。夢やないで。満面の笑みでうちの寝顔を撮ってんねんもん。
　はああ？　何しとんねん！　そんなことより先にすることがあるやろ。まずはうちを、ぎゅーっ、やろ、ぎゅーっ。

　ちゅうわけで、かーちゃんが今でもあの音の鳴る板きれの〈ロック画面〉と〈待ち受け〉の画像にしとる二枚は、うちが、「ん？　いまカシャ、いうた？」から「おんどりゃ何さらしとんねん、ボケェッ」に移行する時の顔や。
　けど、あの女は勝手に、「ネムネム、あれれ？」から「わあい、かーちゃん帰ってきよったー♡」の顔やと思いこんどるらしい。
　真実を知らんてほんま、シアワセなこっちゃな。

1979·12·31

10 おそろい

　たしか、十五になるくらいまでやったかいな。
　うち、ずっと首輪つけとった。

　いちばんはじめの首輪は、ほっそいサテンのリボンで、四姉妹やったからそれぞれ色違いのんをつけてもろててん。外を探検しとっても、ちゃんと世話人付きやてわかるように。
　だいぶ後で、かーちゃんとふたり暮らしになってからは、〈へるめす〉とかいうとこの茶色いリボンが多かったかなあ。かーちゃん、うちと一緒に鴨川とびだした時、家出記念（？）にそこの革の手帳を、清水の舞台から飛び降りるつもりで買いよってん。ほんで、店のおねえさんに小声で頼んで、箱に結ぶリボンをめっちゃ長うしてもろたらしい。猫のためなんです、て正直に言うてんて。無茶しよるわ、相変わらず。
　けど、浅草の近くに住んでから後は、何やいきなり和風になりよった。ま、うちとしては、これがいちばんしっくりくるわ。な、可愛らしやろ、赤い鹿の子の首輪。「もみちゃんはほんま、赤がよう似合うねえ」やと。あったりまえやがな、うちは何でも似合うっちゅうねん。

　かーちゃんが言うには、若い時分はお正月の前の日にきっと、髪結うて赤い鹿の子つけててんて。うちと、おそろやん、おそろ。へへん。
　ちなみに、この時かーちゃんが撫でとんのが、〈姫〉いう猫。『ねこいき』読んどった人はもちろん、覚えてはるよな？

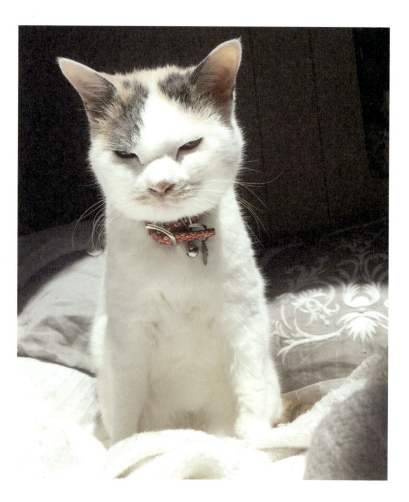

11　いろんな顔

　うち、昔はな。知らん人が家に来るたんび、物陰に隠れとった。
　何がイヤやったんか今ではようわからん。気ぃついたら、誰が来ようが平気になっとった。
　ちゅうか、来る連中がみぃんな、うちのことを「もみじ先輩」やら「もみじ姐(ねえ)さん」て呼んで、りすぺくとするようになりよったからな。
　わかる人にはちゃんとわかる、ちゅうこっちゃ。

　そんなうちでも、誰にかてええ顔するわけやないで。よその人らの前ではせん、かーちゃんととーちゃんにしか絶対見せへん顔、いうのんがちゃあんとあるんやで。
　どんな顔か、て？　教えたるかい、そんなもん。
　ま、あれや。大人のオンナたるもの、いろんな顔を持ってなあかん思うねん。
　誰の前に出ても堂々と自分を貫き通せる、いうのんやったらかっこええけど、誰の前でも同じ顔しか見せられへんのは、つまらん。謎も深みも何にもないやんか。

　せやから、な、かーちゃん。
「これ、同じ猫です」
　たら言うて、うちの寝ぼけ顔をさらしもんにすんのは、勘弁してくれんかいなあ。

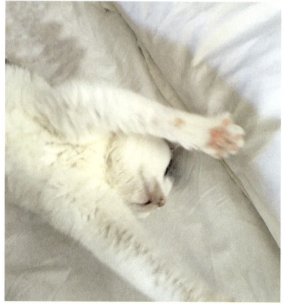

12　似たものどうし

　よう、言うやん。〈大の字で寝る人間に悪いやつはおらん〉って。
あれはぜったいホンマ。よう知らんけど。

　かーちゃんはな、大の字どころか、バンザイして寝よんねん。
うちに腕枕する間は我慢しとるみたいやけど、夜中にうちが布
団の足もとへ移動したったら、あっちゅう間にバンザイしとる。

　ほんで朝んなってから、あー肩こったー、肩こったー言うて、
とーちゃんをうまいこと誘導して揉ませよんねん。

　悪魔のような女やで。

　猫はな、たいてい丸ぅなって寝る。ぽんぽん放り出して寝とっ
たら、誰に攻撃されても踏まれても文句言われへんさかいな。

　例外が、うちにおるでっかい銀色や。あのアホ、仰向け寝が
・・・・・
でふぉるとやねん。

　無防備っちゅうか、油断するにも程があるっちゅうか……。

　やっぱ、寝相って飼い主に似るのんかなあ。感心するわ。

13　テレビっ子

　うちな、テレビ観んのん、好き。なんや美味しそうなもんやら動くもんがいっぱい出てきよるから。
　けど、気ぃつけなあかんのんよ。なんでって、前にかーちゃんが、
「もーみちゃん」
「もーみやん」
　て、猫なで声で呼んどるのが聞こえたもんやさかい、うち、思わずええ声で返事してテレビのほうへ走り寄ってしもてんわ。そしたらなんと、テレビん中でも、うちの声がするやんかいさ。てか、ひょいと見たら、めっちゃアップで映ってるやんかいさ！
　これ、うちの番組やん！　あの頭つるっつるの人らが毎日しつこく撮りに来とった、〈ネコメンタリー　傾国の美猫もみじ・その高貴にして優雅なる生活に密着潜入ルポ！〉やん。知らんけど。
　てっきり呼ばれた思てテレビに駆け寄ったとこ見て、かーちゃんもとーちゃんもげらっげら笑いよんねん。腹立つわ。
　うちほんま、笑われんの嫌いや。ふん。

　そんなこんなで、いちばん安心して観てられるのんはやっぱ、あれやな。岩みたいな顔したおっちゃんが、「イイコダネ〜」言いながら地面に這いつくばったりして、猫のことばーっか映したはる番組。
　うち、あれじーっと観るん、好き。
　ほんでかーちゃんは、テレビを観とるうちのことを、目ぇ細めて眺めとる。
　アホちゃうん？　テレビ観ぃさ。

14 迷子のお守り

　東京で、ふたり暮らしするようになってすぐの頃やったかなあ。かーちゃん、うちの首輪に迷子札つけよった。

　田舎で裏山をほっつき歩いとった頃は、どこ行くのんも帰るのんも全部うちの思うままやったけど、こんな騒がしい都会で万が一部屋から出てしもて、何かにびっくりして走りだしたら、もう二度と帰れんようなる。どのドアがかーちゃんとうち、ふたりだけの部屋か、見分けつかんようなってまう。

　せやから、迷子札はうちにとっても心強いお守りやった。ちょっと邪魔やけど、それくらい我慢したるわ。うちがおらんようなったら、かーちゃん、きっとめそめそ泣くしな。

　そう、今みたいに。

　今ではもう、うちに迷子札は必要なくなった。どっからでもかーちゃんのこと見えてるし、帰る家があっこやってわかってるもん。

　わからんのんは、なんでかーちゃんがいっつもうちの迷子札を首からぶらさげてんねやろ、いうこっちゃ。

　あ、方向音痴やからかいな。道迷(まよ)たら、自信を持って反対方向へ歩きだす女やもんな。

　けど、かーちゃんの身に何かあっても、あの迷子札の裏に刻まれた番号にかけたら、かーちゃん自身の電話が鳴るねんで。意味あれへんやん、なあ？

　やっぱ、アホちゃうん？

15 美人画

　古今東西、絵のモデルになる、いうたら、やっぱ何かしら特別なひとやった思うねん。
　画家の絵心を刺激して、ああ、我が筆で描きたい！　て思わせるだけの何かを持ってた、ちゅうこっちゃな。

　かーちゃんの仕事は、絵ぇやのうて字ぃを書くことみたいやけど、連載の時には、誰かに挿絵をつけてもらうことが多いらしい。
　前に、かーちゃんによう似た、アホな女が主人公の小説を連載しとった時は、担当の編集者さんと画家さんが相談して、中に出てくる猫の模様をうちそっくりに描いてくれはってん。
　おまけにあんじょう一冊の本になって出た後には、なんとその絵にめっちゃきれいに色までつけて、額に入れて贈ってくれはって……。かーちゃん、包みを開けてそれ見るなり、たまらんようなって泣きだしてしもたらしい。
　ま、無理ないわ。うち、もうこっちにおらへんかったからな。
　その絵は今、かーちゃんととーちゃんが毎日エサ食う部屋の壁にかかっとる。

　古今東西、絵のモデルになる、いうたら、やっぱ何から何まで特別や、ちゅうこっちゃな。
　え？　必ずしも美人とは限らん、て？
　そんなん今誰もきいてへん。

16　場所ふさぎ

　なあ、知っとる？　あのクマ。
『てっど』、いう映画に出てくるクマ。
　うちもな、とーちゃんとかーちゃんの真ん中にはさまって一緒に観てんけど、ちょっと信じられへんほど下品なクマやねん。××××！　みたいなこと平気で抜かしよんねん。高貴なうちにはとても真似できひんわ。
　せやのにかーちゃん、あの映画でマジ泣きしよんねんで。もう何べんもくり返し観とるくせに、悪いやつに追っかけられたクマがよちよち鉄塔よじのぼって、足つかまれて二つにちぎれて落っこちてくるたんびに、このぬいぐるみ抱きしめて涙ぐみよる。
　アホちゃうかなーとは前から思(おも)てたけど、いやはや、ほんまもんのアホやったわ。

　ぬいぐるみ、て、うち好かん。
　うちの座る場所に、なんでクマがおるねん。うちを抱っこせんと、なんでそっち抱くねん。ほんま腹立つ。
　あんたなんか、ただの場所ふさぎやん。ぜったい家族の一員やなんて認めたらん。よう覚えとき。

　……ちょお。
　これ見よがしに淋しそぉ〜な顔すんのん、やめてんか。

17　横文字のネズミ

　昔はうち、外から獲物くわえて帰っては、かーちゃんの足もとへ置いたったもんや。鳥とかネズミとか、モグラとかヘビとかな。心をこめたプレゼントやのに、喜んでもらわれへんかった。庭先に、ちっちゃいお墓がようけ増えただけ。

　あ、ちなみに、鳥やらネズミは甘ぁいけど、モグラは不味いねん。目ぇ合うただけで気絶しよるから、つまらんしな。あと、ヘビはめんどくさい。いっぺん頭にきよったらめっちゃしつこいねんもん、こりごりやわ。

　ああ、懐かしなあ、うちの生まれた鴨川の里山一帯。パトロールに出かけては冒険して、そらそれで愉しい日々やった。

　ほいでも、ずーっとあのままやったら、セブンティーンになるまでかーちゃんと一緒にはおられへんかったんちゃうかなあ。どっちがええ？　て訊かれても、よう答えんけど。

　家ん中だけで暮らすようになってから、うちの獲物は、もっぱらこいつや。かーちゃんはわざわざ横文字で呼んどる。あほやろ。ネズミごときでカッコつけんなや。

　これ、枕にもなるしな、抱えこんでいたぶったりもできるし、おもろいで。机から床に落としたったら、何や丸くて固ぁい棒みたいなんが二本飛び出して、コロコロ転がっていきよる。あれ何やろな、こいつの内臓かな。

　ほんまのこと言うたら、何べん落っことしたったかわからん。今ごろもう死んどるかもしらん。

　うちがやったて、かーちゃんには黙っといてな。

18　足りてる

　なあ、〈舌足らず〉いう言葉があるやん。

　あれ、どゆこと？　て、かーちゃんに訊いたらな、あんまり滑らかに喋られへん、いうのんと、説明が言葉足らず、いうのんと、両方の意味があんねんて。ややこし。

　ま、どっちにせえ、舌が短い、いう意味ではないらしぃわ。ふうん。

　なんでそんなん気にするかいうたら、うち、ひとより舌が長いみたいなんよ。自分では気ぃつかへんかってんけど、なんや時々、うっかりはみ出したまんまになってまうみたい。

　それも、背中やおなかをきれいに舐めてる最中に呼ばれた時とかな。それか、可愛らしぃあくびが途中で引っ込んでしもた時とかな。つい、桃色の舌先が、ぺろん、て。ちょぼん、て。

　そのたんびに、かーちゃんもとーちゃんも大ウケ！　うちの顔見ては、肘でお互いにつっつきあって、ぷくくくく、ぷくくくく、笑いよる。何がそないにおかしねん、言うてみぃや。

　あの二人にはいっぺん、礼節の何たるかをじっくり教え込んだらなアカンな。
〈あんたらの舌にこの鋭い爪ひっかけて、ほんまもんの舌足らずにしたろか、あぁん？〉
　ちゅうてな。
　な、な、今のん、めっちゃ怖かったやろ。岩下志麻の姐御も真っ青やろ。
　へへん。

19 赤いとっくり

「湯たんぽ」って、名前からして可愛らし思わへん？　うち、大好っきゃわ。

　かーちゃんいうたら、うちにぴったりのん見つけよ思て、目ぇ血走るまで探しまくりよった。あまぞん、いうとこで見つけてんて。わざわざ南米のジャングルまで行きよったんかな。凝りだしたらネチこいねん、あの女。

　ほんで選ばれたんがこの湯たんぽ。真っ赤なとっくりセーターのカバーが、うちによう似合うやろ。え？　今どきはとっくりなんて言わへん？　知らんがな、ほっといてんか。

　あの頃は、毎朝かーちゃんかとーちゃんが湯たんぽに「あちちち」言いながらお湯入れて、うちに抱かせてくれた。

　うちがちょっと長い旅に出ることになった時も、中身はしゃーなしで抜いたけど、赤いセーターだけは一緒に持たせてくれたんよ。おかげさんで、今もほんま温いで。

　けど、うちがおらんようなって、かーちゃんの膝は誰があっためたげるんかいなあ……。

　そない思て心配しとったら、こんなもん買うて来よった。うちのんとそっくりのんを、自分でこさえるつもりみたい。

　それ、ええな。「あちちち」言うてお湯入れて、そのとっくり着せといたら、ちょうど、うちを膝に載せとるくらいの重さになるもんな。

　心がさみしい時は、身体もちぢこまるやろ。風邪ひかんように気ぃつけて、あったこうしときや、かーちゃん。

　ええか。皆さんもやで。

20　猫に歴史あり・その1

　ちょお見たって、これ。この家へ来た初日の銀の字。

　え？　あの〈銀次〉にもこんなに無邪気で可愛(かい)らしい時代があったのか、って？　知らんがな、うちはほんまショックやったわ。

　あの頃はかーちゃんとうち、水入らずの熱々の蜜月やったやん。それやのに突然こんなちんちくりんがもらわれて来て、ベッドの上で走り回るわ、カーテン駆け上がってバリバリにするわ、うちのお皿から勝手に水飲むわ……信じられへん。

　〈かーちゃんは、うちだけでは足りひんのん？　こんな出来損ないが、うちより大事なん？〉

　悲しいやら腹立つやらで、抗議のしるしにハンストしたった。かーちゃんが鼻の先までカリカリ持ってきた時だけは、しゃーなしで食べたったけどな。ハンストってお腹すくねん。

　ほいでも、時間いうのんは偉大なもんやわ。ひと月、ふた月とたつうちに、まあこんなチビもおってもええかぁ、いう気になってきた。どんだけ邪険にしとっても懲(こ)りずに甘えてきよんねんもん。かーちゃんが留守の間とか、いくらかは賑(にぎ)やかしになるし、くっついて寝たら温いし、まあええかぁ、みたいな。

　けど、なんや知らん、うちがたまーにヤサシイキモチになって、頭のてっぺんとか舐めたってる時にやな、あんまりうっとりした顔でこっち向かれると、うずうずっと腹が立って、つい、ボカチン！　て殴ってまうねんわ。憎いわけやないのに何でやろねえ。もしも弟おったら、こんな感じかいな。

　ちなみに銀の字、ボカチンやられるたんびに、上目遣いで涙ためよる。こっち見んなや、ボケ。

21　猫に歴史あり・その2

　こないだは〈銀次〉の話やってんから、順番から言うたら次はあのゴンタクレ兄妹やんな。

　あの連中、スーパーの掲示板に写真付きで「子猫もらって下さい」て貼り出されとったらしい。はじめは一匹だけのつもりやったかーちゃんが、引き離すのも可哀想(かわいそう)やからって、二匹まとめて引き取ってんて。

　何かと計画性とは無縁の女やし、ま、しゃーない。

　二匹がちっさい間は、うちと、銀次と、みぃんな一緒の部屋で暮らしとった。銀の字は中身オバハンやから、ほんまマメに面倒見よったわ。

　一応、紹介しとこか。

　アニキのほうの〈サスケ〉は、ヘタレ。以上、終わり。

　え？　他にも何かあるやろ、って？　うーん、せやなあ。声がでかい。アホやからナマモノよう食べへん。あと、とーちゃんのこと自分の椅子(いす)や思とる。以上、終わり。

　妹のほうは、三毛やし、うちが〈もみじ〉やからて〈楓〉いう名前になってん。まあ言うても、高貴なうちと違てサビサビやけどな。三毛にもひ・え・ら・る・き・ーがあんねんで。知らんけど。

　性格はいわゆる小悪魔。オンナやいうことを最大限に利用してはばからん。見所あるんちゃう？　ま、まだまだやけど。

　ふたりとも、銀の字のことは親みたいに思とるんかなあ、めっちゃ好きみたい。

　あんたら、ずっと元気でおりや。病気なんかして、とーちゃんとかーちゃんに心配かけたらあかんねんで。ええな。

22　猫に歴史あり・その3

　なあなあ、この写真、本邦（ほんぽう）初公開やねんけど誰や思う？

　ま、目ン玉の青ぉ〜いのんでわかるわな。せや、〈青磁〉や。

　今でこそ偏屈で凶暴なオッサンやけど、最初からああやない。子猫の頃はめっちゃ人なつこかってん。

　けど、かーちゃんの母親のキミコさんがだんだん、いろんなことわからんようになってしもて、青磁のことも邪魔っけにするようになって、おまけにキミコさんが施設に入ってからは、耳の遠いシロさん独（ひと）りだけになってしもたやろ？　そんな家ん中であのコ、けっこう寂しい思いしてきよってん。

　ほんでも、シロさんには良う懐いててんで。

　そのシロさんがいきなり倒れて、そのまんま動かんようになった時――そばにおったんは青磁だけやった。何が何やら、わけわからんかったんちゃうかなあ。呼んでも呼んでも目ぇ覚ましてもらわれへんのん、きっと辛（つら）かったやろ。結局は、お葬式の後でかーちゃんととーちゃんが連れて帰ってきて、青磁もこの家の一員になった、ちゅうわけや。

　うち、あのコとはずっと別々の部屋におったからほとんど喋らずじまいやったけど、昔、シロさんには何べんか会（お）うたことあるし、亡くならはった後でかーちゃんがどんだけしんどかったかも知っとる。

　せやから、青磁には、なるべく幸せになってほしなあて思うねん。あの頑固もんがいつか膝に乗って甘えること覚えたら、かーちゃんもとーちゃんもどんだけホッとしよるか。

　焦ることはないわな。気長に見守っといたろか。

23　猫に歴史あり・その4

　そら、うちにかて歴史はあるわいさ。
　焦（じ）らさんと早（は）よ、てか？　しゃーないなあ、もう。ほならこの際、高貴なうちとこの系図を遡（さかのぼ）ってみよか。
　一枚目の写真は、父方の婆（ばあ）ちゃん。古風な美人やけど気ぃキツかったみたい。オスと喧嘩（けんか）して負けたことなかってんて。
　で、キジトラのんは母方の婆ちゃんの〈こばん〉。かーちゃんが最初の旦那はんとの間で、やっと、外限定で可愛がるのんを許してもろた猫やった。
　ほんで次が、うちらを産んでくれた母さん猫の〈真珠（しんじゅ）〉や。うちのこの美しくけぶったパステル三毛の毛皮は、母譲り、いうこっちゃな。
　ついでに、一緒に生まれた姉妹もいっとこか。てっぺんがうちで、時計と逆回りに〈かすみ〉〈むぎ〉〈つらら〉。うちの名前の〈もみじ〉もあわせて、一応、春夏秋冬になっとるらしい。な、かーちゃんの名付け、いちいちめんどくさいやろ。

　きっとここに写っとるみぃんな、もうこっち側に居てるんやろなあ。まだ会（お）うてないけど、たぶん。
　けど――何でやろな、なーんにも、終わってないみたいな感じすんねん。ちゅうか、前も、その前も、次も、その次も、ずーっとつながってるみたいな感じ。途切れんと、めぐりめぐって、うちらが丸まって寝る時みたいに完全な輪っかになる感じ。
　おかしなな。うちにも、ようわからんわいさ。

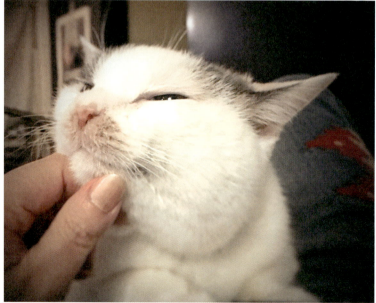

24　偶然という名の

　最近かーちゃん、また新しい楽器始めよってん。
　楽器フェチいうのんかなあ。ピアノだけは長いこと習(なろ)てたし、自己流でサックスも吹くけど、バイオリンとアイリッシュフルートは買(こ)うたくせに挫折しくさりよった。
　このたびは、ウクレレ。べつにハワイア〜ンなん弾くわけちゃうけど、ギターよりはなんぼか簡単やろ思(おも)たらしい。弾きながら歌えて持ち運べる楽器が欲しかってんて。
　ま、とーちゃんの弾くギターは、うちも好っきゃし。憧れんのん、わからんではないわな。
　せやけど、「今度こそちゃんと続けられますように」て思たかーちゃんの、いっちゃん最初にしたこと何やった思う？　そのウクレレに、うちの顔のシール貼って、名前つけよってん。なんとのうハワイ風の響きで、〈モミモミ〉って。つっくづくワケわからん女やで。
　おまけにな、話はこっからやねん。〈Momimomi〉には、もしかして何か意味があったりすんのんかなー、思たかーちゃんが調べてみたらやな。なんと、ほんまにあってん。ハワイの言葉で、〈真珠〉やて。びびったわ。うちを産んだ母さん猫とおんなじ名前やん！
　ちなみにウクレレは、けっこうマジメに続いとるみたい。仕事の合間に手に取っては、へたくそながらも愉しそうにジャカジャカ弾いたはるで。
　それもこれも、うちのおかげ、ちゅうこっちゃな。へへん。

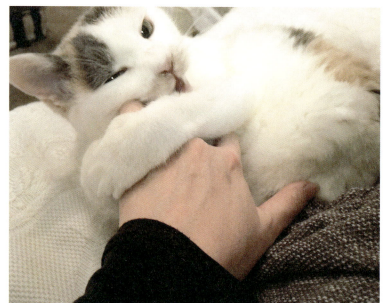

54

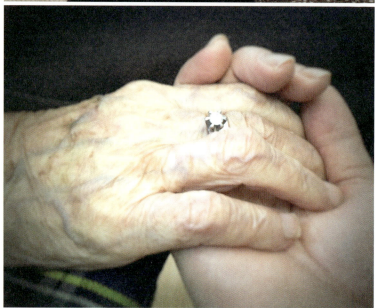

25　猫の手

　目ぇまわるほど忙しぃ時に、よう「猫の手も借りたい」て言うやんか。

　失礼な言い草や思わへん？　何でって、猫は何の役にも立たへんっちゅうのんが大前提なわけやろ？　腹立つわ。

　そもそもやな、なんで高貴な身分のうちが、あんたらシモジモの者たちに手ぇ貸したらなあかんの。気の済むまで身を粉にして働いたらええがな。

　ほんまは、あんたらこそ「猫に手を貸したい」ねやろ。ひざまずいてお皿にカリカリ出したり、ちゅ〜るを捧げ持ってねぶらしたりすんのんは、それでやろ。

　うちなんかしゃーなしで、かーちゃんの好きなだけ世話焼かしたっとんねん。顎の下撫でたそ〜にしとったら上向いたるし、鼻のまわり拭きたそ〜にしとったら服にこすりつけたるし、缶詰かて、一口ずつスプーンですくぅてよこすまで待っといてから食べたるしな。ほんま世話の焼ける女やで。

〈手〉って、不思議なもんやな。今はもう少女の昔に戻ってしもた、かーちゃんのかーちゃんのキミコさんなんか、誰かに優しく手ぇ握ってもろたらニッコリしはるし。

　あ、それで言うたら、かーちゃんもやわ。毎朝うちが、この薄桃色の可愛らし肉球で、鼻とか口とか思いきり踏んづけて起こしたるたんびに、えへらえへら、めっちゃ嬉しそうに笑とったもん。

　猫の手、やっぱ最強やんな。

26　海を渡って

　皆さん、〈友だち〉ておる？
　うちら猫にはあんまりようわからんのよな。ときどき集会があったり、寒い日ぃはしゃーなしでくっついて寝たりもするけど、基本、ひとりが好っきゃし、寂しいとも思わへんし。
　あ、かーちゃんが留守の時に、うちが怒って大騒ぎすんのんはまた別やで。あの女はうちの下僕やさかい、いつでもそばにおらなあかんのんよ。
　かーちゃんには何人か大事な友だちがいてて、うちがこないして旅に出とる間も、ずいぶん気ぃ遣(つこ)うてくれよる。ありがたいこっちゃで。かーちゃん、めっちゃ泣き虫やからなあ。
　ついこないだ、その友だちの一人から、海を渡って小包が届いてん。カードには、「素敵なマグカップを見つけたので送ります」て書いたぁんのに、開けてみたらただの真っ黒けのカップ。
　けどかーちゃん、そこでピーンと閃(ひらめ)いてん。めずらしこともあるもんやで。
　息せき切って風呂場へ飛んでって、ちょうどバスタブに浸かっとったとーちゃんの横へカップをどぼーんとひたしてみたら、あーら不思議！　世界中の誰より高貴で麗(うるわ)しい三毛猫のお姿が、じわじわ〜っと浮かびあがってらっしゃったやんかいさ。
　以来、かーちゃんはこのカップばーっか愛用しとる。朝のスープに始まって、午後のカフェオレも紅茶も、寝る前のハーブティーも蜂蜜入りホットミルクも、ぜーんぶこれで飲みよる。
　そんなにうちに会いたいんかなあ。
　え、うち？　うちは……。知らんし。ぷい。

27 置き土産

　最初にとーちゃんが見つけてん。うちがおらんようになってもうてから、ベッドのシーツを剝いだ時にな。
「おい、見てみ」て呼ばれてやってきたかーちゃん、これが何かわかるなり泣き出しよった。

　しゃーないやんか。なんぼぴっちぴちのセブンティーンいうたかて、出来ることと出来ひんことがある。

　とくに病気してからは腰もふらつくし、これまで通りかーちゃんととーちゃんの間にはさまって川の字で寝よ思たら、低いベッドにもかな〜り思いきって飛び乗らなあかん。せやのに、みるみる後ろ足が頼りのうなってきて、前みたいに地面を思いきり蹴られへんのっ。そないしてもおケツが落ちそうんなるから、ついつい前足の爪でしがみついてまうのっ。

　おかげでベッドの両側のへりに、うちのつけた爪痕が無数に残ってしもた、ちゅうわけや。わかった？　シーツは生地がしっかりしとるから目立たへんかったけど、下に敷いたパッドは穴だらけになってしもてんな。

　ほんでもな、途中からはかーちゃんが踏み台を置いてくれよったから、落っこちることはのうなってんで。ええ感じにヤレた木の椅子。そこにも、うちの爪の痕がようけ残っとる。しがみついたわけやないで、きげんよう爪研いだった痕や。

　二人とも、いまだに時々、新たに発見しよんねん。うちがそないして、あっちこっちに残しといた置き土産をな。

　まだまだあるで、探したりや。そのたんび、泣いて喜んだらええんちゃう？

28　もみじ愛

　かーちゃんがなんでうちを〈もみじ〉て名付けたかいうたらな、そらもう世にも麗しいこの背中の妙(たえ)なる模様が、一面の紅葉に染まる山の景色を彷彿(ほうふつ)とさせたからやで。知らんけど。

　そんなわけで、かーちゃんいうたら、およそ〈もみじ〉にまつわるモノには格別の思い入れを持つようになりよった。ドライブしとって〈もみじロード〉て看板出てたら、用もないのにそっち行きよるし。定食メニューに〈もみじセット〉があったら、内容も見んとそれ選ぶしな。〈もみじ饅頭(まんじゅう)〉やら〈もみじおろし〉、果てはマッサージ器の〈もみ玉〉まで愛(いと)おしいみたい。行き過ぎた愛情も、ええかげんにしとかなあかんで、ほんま。

　そういえばこないだ、家の横に生えとった大木を業者さんに伐(き)ってもろた時にやな。うっかりとーちゃんが指示を間違えたんか、気ぃついたら樹齢三十年ほどのモミジまで……毎年、窓いっぱいに紅葉しとったモミジの木ぃまで、根元からのうなった後やった。かーちゃん、半べそ。せやけど、とーちゃんに何言うたって元には戻らへんもんな。

　形あるもんも、命あるもんも、いつかは消える。しゃーない。そら、しゃーない。

　そんでもこの春先、うちがおらんようになった後で、とーちゃんとかーちゃんと二人して植えてくれたやん。庭の真ん中に、なよなよっとしたモミジの木。秋口、ちぃちゃいなりに真っ赤に紅葉したやろ？　あれ、うち、めっちゃ頑張ってんで。

　これから毎年、ちょぼっとずつやけど大きゅうしたるでな。

　へへん。

29 野菜嫌い

　皆さん、食いもんの好き嫌いってある？
　うちが好きなんは、美味しいもん。嫌いなんは、まずいもん。
　好き嫌い言うたらたったそれだけやのに、とーちゃんもかーちゃんも、うちのことワガママ扱いしくさる。これ腹立つ。
　かーちゃんが嫌いなんは、なんちゅうてもミミズやな。あ、あれは食いもんちゃうか。ええ匂いするねんけどなー。えっと、人間のエサで言うたら、杏仁豆腐。あの香料があかんねんて。わさびも苦手。あと、どっちか言うたらケーキよりはおせんべが好きかもしらん。
　いっぽう、とーちゃんが嫌いなんは「乳くさいもん」全般や。煮込みの足りてへんクリームシチューやら、粉チーズやら。あ、それと、癖のある食べものは全滅、ハーブ類とか大体アカンし、かーちゃんの大好物のパクチーのことは「毒草」て呼んどるし。中でもいちばん憎んどるのはニンジンやな。あれのことは名前さえよう呼びさらさんと、レストラン行くたんび「この赤いのん取ってぇ」って、そんな時だけブリッコして、かーちゃんに押しつけよんねんで。うちのことワガママやなんて、どの口で言いよるねん、コラ。
　野菜はな、ちゃんと食べんとあかんのんよ。うちなんか見てみぃさ。ぎょうさん草食べて、そのたんびきっちり毛玉吐いとるがな。
　え、皆さんは吐かへんの？　なんで？
　さては毛づくろい無精しよるんやな。うわあサイテーや。エンガチョ。

30 本当の仕事

かーちゃんのお仕事は、て？

きまってますがな、うちの下僕やで。他に何がありますのんや。

あ、もしかして、あれかいな。毎日、机の前でお菓子とかぽりぽり食うとるけど、あれがかーちゃんのお仕事なんかいな。うちにはなかなかくれへんの。ほんまケチくっさい女やで。

腹立つから、邪魔したろ。ペンやら消しゴムはちょちょいっといじると転がるし。本やら帳面の上は寝心地ええしな。

あと、かーちゃんがチャカポコ指で叩いとる〈キー坊〉とかいう黒ぃい板。あれを、うちがこの麗しき桃色の足裏で踏んづけたったらな、画面いっぱいにけったいな字ぃがずらーっと並んだり、並んどった字ぃがいっぺんに消え失せたりすんねん。

かーちゃん、白眼むいて「ギャー！」言いよる。おもろ。やめられまへんわ。

せやけど、な。真夜中、うちが机のそばでまぁるくなっとったらな。あの女、そーっと手ぇ伸ばしてきて撫でよんねん。そぉぉーーっと。

うち、知らんふりして目ぇつぶっとく。起き上がってもっと奉仕させたりたい気もするけど、そんなんしてたらますます一緒に寝んのん遅なるやろ？

せやから、しゃーない。何や知らんけど、かーちゃんが気の済むまでぎょうさん字ぃばっかり並べ終わんのを、隣で寝たふりしておとなしゅう待っといたるわ。

忘れんときや。かーちゃんのほんまの仕事は、うちの下僕なんよ。

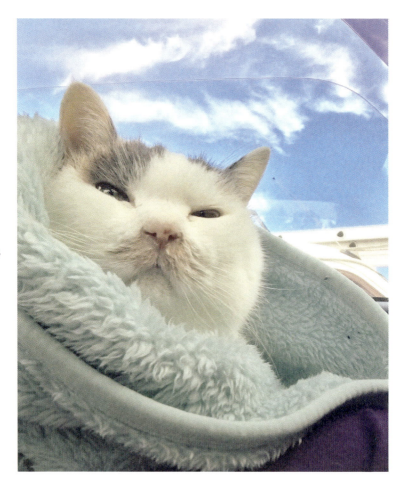

三つの首

　えらい寒なったなあ。皆さん、ちゃんとあったこうしてはる？ ほんまに？

　冷えたら、風邪ひくだけやのうて、身体のあっちこっち具合悪なったりすんねんからな。気ぃつけなあかんのんよ。

　ついこないだの話やけど、かーちゃん、首のスジ違えよってん。寝違えたんやったらまだしも、ちゃうねん。ただ単に、髪乾かしてドライヤーかけとっただけ。

　今に始まったことやのうて、かーちゃん、ちぃちゃい頃から〈ぎっくり首〉が癖やってんて。しょっちゅう、湿布の匂いぷんぷんさせながら小学校行っとったらしいわ。

　そのせいか、当時家におった例の〈チコ〉いう猫が、ええ気持ちでアタマぐりっと裏返しにして寝とったらな、見るたんび慌てて、「だめだめ、寝違えちゃう！」言うて、いちいちまっすぐに直しとったみたい。

　どない思う？　めっちゃ迷惑なガキやろ。どこの世界に首を寝違える猫がおんねんな、アホちゃうか。

　人間ちゅうんは、難儀なもんや。そないしてスジを違えてしまうんも、身体冷やしたり、風邪ひいてたりが原因になることが多いねんで。よう知らんけど。

　あんたらに、言うといたるわ。手首、足首、首。およそ首て名のつくとこは、あったこうしとくんが正解。これほんま。

　うち？　うちは、過保護なかーちゃんのおかげでいっつもぬくぬくやもん。へへん。

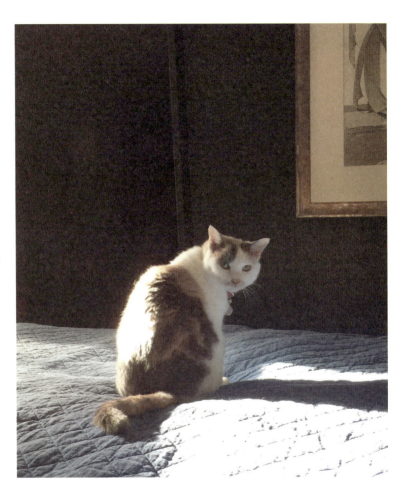

32　あの世の光

　あの世はどんなとこやねん、て？
　知らんがな。訊かれてもうち、そんなとこに居てへんもん。それか、もしかしてここが〈あの世〉なん？　よう言われる〈虹の橋〉を渡った覚えもないし。
　なんかもっと、今までずっとおったとこに近ぁいのん。ふっと気ぃついたら、前みたいにかーちゃんの枕元で一緒に寝てることもあるくらいやのん。
　あの女は、なんしアホやから、ひとの気も知らんと鼻ちょうちんやけどな。ふん。

　せやけどまあ、アホはアホなりに感じることもあるみたい。
　西方浄土、ていうねんて？　あの世は西の果てにある、て。
　そのせいなんかなあ。お天気のええ日ぃは、西向きの窓から夕陽がまっすぐ射しこむやん。金粉まぶしたみたいなその光の束が、うちのよう座っとったとこをまぁるく照らしたりもするやん。それ見るたんびに、かーちゃん、目ぇ細めよる。
　老眼のせいやないで。ま、老眼は老眼やけど。きっとそういう時だけは、西陽のスポットライトの中に、うちのこの気高くも高貴なお姿がうっすら見えてるはずや。
　ありがたさに目ぇくらむやろ。拝んどきや。

　〈早よ戻っといで〉
　て、かーちゃんはしょっちゅう言うけど、どないしよかなあ。
　お着替えの服、まだ決まらへん。

33 雪の降る町

　うちが生まれる前にも、かーちゃん、あっちこっち家移りしとったらしい。もしかして、何や悪いことでもして逃げとったんちゃうかな。お膳の上のお刺身、泥棒したとか。あれ、みんな大人げないほど怒りよるからなー。

　最初の結婚では、信州にもいっぺん住んどってんて。どえらい寒いてわかっとるくせに、なんでまた今になって軽井沢なん住む気になったんやろ。標高千メートルいうたら、一キロ上空やで。ヒコーキ飛んどる高さやで。アホやわぁ。

　引っ越してみたら案の定や。最初の冬は、まだ身体が慣れてへんもんやからよけいに、寒さが骨身にしみたわ。

　え？　うちらはどうせ外へ出んやろてか？　そない言うけど、家ん中でも火の気のない部屋では氷点下なりよるんよ。氷点下って、氷でけるやん！　命がけや、命がけー。

　せやけどな。うち、ここへ越してきてやっと冬らしい冬を見た気ぃする。後からもらわれてきたチビスケらも、初めて雪を見た時は大騒ぎやったわ。〈楓〉なん、ずーっと窓の外見とった。

　空も、木ぃも、地面も、真っ白でな。毎日毎日、高ぁいとこから冷たい花びらみたいなんがしんしん、しんしん降っては積もってな。音もよう響かんと吸い込まれて、なんや上も下もわからんようになる。そらもう、綺麗なもんや。怖いくらい。

　とりわけ寒い日ぃは……って冬の間は毎日やけど、かーちゃん、布団から出るのにめっちゃ時間かかりよる。へへん、らっきぃ。

　うち、秋の名前もろたけど、冬が好っきゃわ。

　雪の降るこの町も、な。

34 ご降誕

　かーちゃんの通てた小学校は、みっちゃん？　みっちょん？　ようわからんけど、そういう系列の学校やった。

　せやから、十一月の下旬になったらもうクリスマスの準備や。

　まずは、ミュージカル仕立ての聖劇の稽古。ちなみにかーちゃんは、天使の役やってんて。ミスキャストもええとこやんな。

　飾り付けも気合い入っとんねん。聖なるお方のご降誕をみんなで待ち望んで、きっちり心の準備をしてからお祝いするねんな。それがほんまのクリスマス、ちゅうわけや。

　子ども時代をそんなふうに過ごしたからやろか、かーちゃん、今でもクリスマスの飾り付けにはけっこう本気出しよる。なんしか年末やし、下僕やないほうの仕事の〆切はのきなみ前倒しやのに、倉庫からあれこれ引っ張り出してきては、ツリーやらリースやら。あれ絶対、逃避も兼ねてんで。

　ま、うちもきらきらしたもんは嫌いやないし、かーちゃんの喜ぶ顔もまんざらやないし、こんなコスプレも一年にいっぺんのこっちゃ。しゃーなしで我慢したろか。

　あのな、かーちゃん。ほんまやったら泣いて喜ばなあかんねんで。うちのような高貴で上品で麗しい聖なるお猫様が、わざわざあんたみたいなアホ女のもとへご降誕あそばされたことを、むせび泣いてな。

　かわいいかわいい言うて、なにをげらげら笑てけつかんねん。いっぺんどついたろか、コラ。

35　夢のあとさき

　お正月の初夢、どんなん見たか、皆さん覚えてはる？
　ええ夢やった人、おめっとうさん。あんまりええ夢やなかった人、それは〈逆夢(さかゆめ)〉ちゅうてな。反対に、きっと現実の世界でめっちゃええことがあるはずや。そない思とき。
　昔は、おついたちに紙を一枚、枕の下にしのばせて寝たもんや。おめでたい歌が書いたぁってな。
「なかきよの　とおのねふりのみなめさめ　なみのりふねの
おとのよきかな」
　上から読んでも下から読んでも同じの〈回文(かいぶん)〉ちゅうやっちゃ。これで、ええ初夢が見られるんよ。昔っからの言い伝え。セブンティーンやのに、古いことよう知ってるやろ。へへん。
　今年はかーちゃん、この紙入れんのんサボりよったからいなあ。うちの夢を見られますように、ってめっちゃ祈っとったのにあかなんで、えらいがっかりしとったわ。
　とーちゃんは夢をよう覚えたはるほうやけど、かーちゃんは大事なことからきっちり忘れてまうアホやさかいなあ。
　初夢かて、ほんまは忘れとるだけやねん。うち、出たったもん。うらめしや〜、の出たとちゃうで。ちゃあんと夢に、出たったもん。あのアホ女いうたらほんま、うちのほうこそがっかりやがな。
　ま、ええわいさ。初夢だけが夢やないもんな。これからも毎日見よるもんな。うちも根気よう出てみたろ。あのアホかて、たまには覚えてられる時もあるか知らんし。
「ああ、ええ夢見たわあ」って気持ちよう目覚められる朝が、皆さんも、ぎょうさんあるとええなあ。

36 信用ならん

　あのな、この世にな、二つあんねん。うちが絶対に信用してへんもんが。

　一つは、かーちゃんの言う〈もうすぐ〉や。

　何や字ぃばっか書いとる間、うちが隣で待っとるやろ？
「ごめんなあ、もみちゃん。もうすぐ終わるからな」
　ほんまにすぐ終わった例(ため)しなんかただのいっぺんもあらへん。下僕の分際で、ええ度胸しとるやんかほんま。

　も一つ信用ならんのんは、かーちゃんの〈猫撫で声〉。
「よしよし、ビョーイン行こなー」
　言いもって、頭から脱走防止の洗濯ネット！　うち洗濯もんとちゃうっちゅうねん。厳重注意したったらやめよったけど、
「痛いこと何もないからなー。すーぐ終わる、すーぐ」
　ウソばぁっか。チューシャやら、テンテキやら、シュジュツやら……。中でも最悪なんはカンチョーや。この高貴な生まれのうちのおいどに、卑しき下々(しもじも)の者どもが寄ってたかって……ああもう、情けのうてよう言われへんわ。

　そらまあ、インチョ先生は国いちばんの腕っこきやし？　うちが寝てる間に、口ん中のおできをチョチョイのチョイッと切除してくれはったけどなっ。おかげで、ごはんもずっと美味しゅう食べられたけどなっ。

　それとこれとは話が別や。あのカンチョーの狼藉(ろうぜき)だけは許したれへんねん。七代先まで祟(たた)ったんねん。ほんで、次に戻ってきたら絶対また先生の顔見に行って、じーっくり挨拶したんねん。ふん。

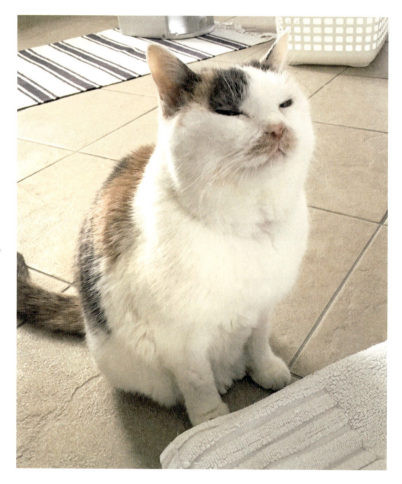

37　身も細る

　最近かーちゃん、太ってんてー。そう、またや、また。
　体重計乗っては「お正月のお餅のせいやぁ、ぜったいそうやぁ」て泣き声あげよるけど、うち、そんなことない思う。ただ単に、本人の油断のせいや。
　せやけど、とーちゃんはかーちゃんに甘いねん。ほんまにとことん甘やかしよる。ええ年こいて二人とも、でれんでれんのらっぶらぶ。うち、あきれてモノもよー言わん。
　ただし、身体のことだけは別や。体形やのうて、健康のことな。かーちゃんが、ぎょうさん字ぃ並べるために無理し過ぎるのんを、とーちゃんは許さへん。
　おかげで最近は、あんまり夜更(よふ)かしせえへんようになったし、エサも決まった時間に食うようになったし、水分ようけ摂(と)って、おしっこにもちゃんと通うようになりよった。
　ええこっちゃ。もう年やでな、無理は禁物。
　ま、そうは言うても適度なダイエットは必要や。ちょうどええわいな、高貴なうちがそっちへ戻ったら、ご機嫌を万が一にも損ねんように、下僕としてさんざん気ぃつこて身を細らせたらよろし。
　あとはまあ、たまには腹筋運動するとか、お風呂にゆっくり浸かるとか、そんなんでええですやろ。それくらいやったら、そばで待っといたるから。
　あ、せや。うちにひと晩じゅう腕枕するんも、ダイエットにめっちゃ効くらしいで。知らんけど。

38 とーちゃんのこと

　とーちゃんとかーちゃんはな、イトコ同士やねんて。これ、ここだけの話。かーちゃんの母親のキミコさんの、末の弟の息子がとーちゃん、ちゅうわけ。

　そない言うたら、うちにもイトコめっちゃようけ居てたんちゃうかな。会(お)うたことはいっぺんもないけど。

　何年か前の、夏の初め頃や。うちが、あ〜あ、かーちゃんまた新しい男連れてきよったで〜、あれだけ痛い目遭(お)うといて懲りひんやっちゃな〜思てたら、そのおっさん、うちの顔見るなり「お初にお目にかかります」てきっちり挨拶しよった。「由佳姉(ねえ)の世話、今までおおきにな。これからもよろしゅう頼みます」とまで言いよった。

　ほーお、今までのんとはちょいとデキがちゃうがな思て、薄目あけて観察しとったらな。これがまあなんと、きりきりマメに働きよるねん。強面(こわもて)に見えて、きっと生まれながらの下僕体質なんやろなー、あれ。その働きを認めて、〈おっさん〉から〈とーちゃん〉へ格上げしたった、ちゅうわけや。ま、どっちゃにせえ下僕やけど。

　ほんでも、とーちゃんと暮らしだしてからは、かーちゃんがけろけろ良う笑うようになったんよ。これは嬉しいことやった。

　うち、ほんまはずーっと気がかりやってん。

　かーちゃんいうたら、うちのこと大好きやん。世界中の誰より、うちのことが大事やん。せやけどうちは、どないしても先にこの世からおらんようになる。そないなったら、誰があのアホ女の面倒見んねやろ。下僕やないほうの仕事をよう頑張った日ぃ

に、誰がぬくぬくあっためて一緒に寝たげるんやろ。泣いてる時に誰がしょっぱいもん舐めたげんねやろ。そない思たら心配で心配で、このままやったら死んでも死にきれんなあ、思てた。

　けど――大丈夫やったやん、な。あの時かーちゃん、えらい泣いたけど、ちゅうか今でもまだ泣いとるけど、それでも大丈夫やん、な。

　それもこれも、とーちゃんがそばにおってくれたおかげや。うちは、そない思うとる。

　次に着替えが済んで戻ったらまた、かったい腕枕でわざと寝てこましたろ。かーちゃん、うちととーちゃんの両方にヤキモチ焼きよんねん。薄目で観察してたら、おもろいでぇ。

39　かーちゃんのこと

　かーちゃんとはな、うちがこの世にご降誕あそばした記念すべき日ぃからずーっと一緒やねん。これ、皆さんも知っとる話。四姉妹の中で、いちばんちっちゃかったうち。小さく生まれて大物に育つ、なんと親孝行やん、な。

　鴨川の農場の家、懐かしなあ。庭先に犬やらニワトリやらアヒルやらウサギやらぎょうさんおるわ、たまに部屋ん中へ馬が入ってきよるわ、わけのわからん家やった。

　生まれた土地やし、時々は思いだすけど、やっぱりうちは、最後に暮らした家がいちばん好っきゃわ。それも、冬。雪降ってどっこも出られんようになると、かーちゃん、しゃーなしで裏の仕事に励まなならんやろ？　そしたらうち留守番せんでええし、イヤっちゅうほど膝の上でぬくぬく寝てられる。

　あの黒い〈キー坊〉を、カタカタカタカタ叩く音は子守歌。うちだけとちゃうで、とーちゃんもおんなじこと言うてたもん。カタカタカタカタ……揺れる手首に高貴なうちのおとがい載せてじっとしとったら、とろとろとろとろ眠たなる。ええ気分や。

　うちが今生を旅立つことになる最後の二日間ほども、かーちゃんはそばで仕事しとった。おとがい載せる元気はもうなかったけど、カタカタの子守歌は聞こえとったわ。ほんま、ええ気分やった。

　よう、言うやん。意識のうなっても心臓止まっても、耳だけは最後まで聞こえとるって。あれ、ほんまやなあ。とーちゃんがうちンこと呼ぶ声も、かーちゃんがうちン耳もとに口寄せて「大好き、もみじ。大好き」て囁く涙声も、みぃんなちゃーんと

聞こえたわ。
　うんうん、わかっとる、うちも大好きやで。かーちゃんがいちばんやで。そない言いたかったのに、眠(ねむ)うて眠うて口が動かなんだ。……ごめん、かんにん。
　かーちゃん、いまだにわかっとらんのやないかなあ。なんしか、アホやでなあ。そろそろ戻って、もっぺんきっちり言うたらなアカンかもなあ。
　ほんまにもう、どんだけ世話の焼ける下僕やねん。

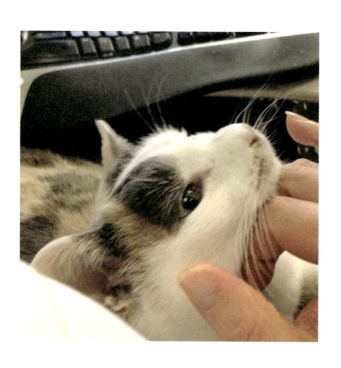

40　いつか、お返し

　なあなあ、ちょっとええかな。皆さんに、ずっと訊いてみたかってん。

　なんでそないに、うちのこと好きなん？

　や、わかるけどな。このとおり、生まれは高貴やし、絶世の美女やし賢いし、性格も穏やかで仏のようやし。そら、そばにおったら誰かてうちを好きになるにきまっとるんよ。

　せやけど、皆さんはうちに会うたことないやん。テレビに出とったん観たか知らんけど、じかに会うたわけやないしな。そやのになんで、うちの写真見て可愛い可愛いて当たり前のこと言うたり、病気の心配してシュジュツのたんびに励ましてくれたり、容態に一喜一憂して涙までこぼしてくれはったりすんのんかなあ、て不思議やった。

　ほんまは、うちな。あの時──あのおしまいの時、めっちゃ心細かってん。

　なんしか、行ったことのないとこ行くわけやん。前にも行ったんか知らんけど、今生では初めてやったやん。もしかして、「ジャジャーン！」とか言いもって怖ぁい顔の閻魔さんが出てきて、うちが今までうまいこと隠しとった悪事の数々、あれもこれもぜぇんぶ並べはったらどないしよ……。そんなこと思て、内心ビビっとった。

けど皆さんが、うちとかーちゃんのためにめっちゃ優しい言葉くれはったやろ。もみちゃんありがとう、て。先に行った大事な子ぉらがあっちで待ってるよって、会うたら仲良うしたってな、て。

　なぁんや、ほーかいな。ほんなら大丈夫やん。うち、とーちゃんやかーちゃんと離れてあっち行っても、寂しことあらへんな。

　そない思たから、まるで日なたで居眠りするみたいにええ気分で船出ができたんよ。

　あのご恩は忘れへん。いつか、お返しせなな。あともうちょっとかかるか知らんけど、うちが戻るまでの間、アホでアカンタレのかーちゃんのことよろしゅ頼むわな。

　ほな皆さん、ここらでさいなら、ごめんやす。ほんまおおきに、ありがとさん。心をこめて、すぺっしゃるさんくす、やでぇ。

　何もやれへんけど。

あとがき ——下僕の言いわけ

〈もみじ〉が今生の岸を離れたあの日から、一年が過ぎようとしている。

ひと月たった頃は、心がいよいよ彼女の不在を受け容れたせいでこんなにも寂しいのだと思った。三月たつ頃には、折々の揺り戻しが何よりしんどかった。

半年過ぎた頃、前作『猫がいなけりゃ息もできない』が一冊にまとまった。自分の文章に落涙するなど、これまでどれだけの小説やエッセイを書いてきても一度もなかったことだけれど、彼女の記憶をそうして形にして残せるというのは、やはりしみじみと嬉しいことだった。

十八年ぶりの季節がゆっくりとめぐる。もみじのいない春が終わると、もみじのいない夏が始まり、もみじのいない秋をやり過ごすと、もみじのいない冬が骨身にこたえる、といった具合に。

それでも、これでようやく季節がひとめぐりしたわけで、あとはもう、少しずつ慣れてゆけるのかもしれない。そうであることを願う。いつか、同じ場所へ行くまでの間、どうしたって私は〈もみじのいない自分〉という季節を生きていかなくてはならないのだし、いつまでもじめじめ辛気くさいままでは、彼女に怒られると思うから。
　〈かーちゃん、ええかげんにしとき！　カビ生えるっちゅうねん〉
　なんてね。

　仕事の合間など、最近は、たまに里親サイトを覗いている。
　はじめのうちこそ、もみじの命日よりも後に生まれた子でなければ、などと思っていたけれど、考えてみればそもそも生まれ変わりなどというのは科学的に証明できることではないのであって、だったらすでにオトナになった猫の中に、もみじの魂がぽんと入る場合だってあるかもしれない。そんな夢みたいなことを、ゆるく柔(やわ)く、でも心のどこかでは大まじめに思ったりしながら画像を眺めている。

新たに着替える毛皮の模様は、ご主人様の気分次第なので、下僕には口出しできない。性別は、なんとなく次もメスなんじゃないかなあ、と思いはするけれどわからない。

　ただ、〈目〉だけは、きっとわかる自信がある。無垢で、やんちゃで、ちょっと意地悪で、怜悧なのに愛くるしい、何もかも理解しているような深みのあるまなざし。もう一度あの目で私を見つめてくれたら——そう願うたび、心が、喜びと淋しさに震える。

　出会いなのだろうな、とも思う。歌の文句ではないけれど、探すのをやめた頃にひょっこり見つかるものなのかもしれない。

〈なに言うてんのん、下僕の分際で。うちがその気になったら、ちゃっちゃと帰ったるわ。ほんま、アホちゃう？〉

　私はへこたれずに、毎朝毎晩、写真立ての前で話しかける。

「ほんなら、頼むから早よその気になってよ。あんたも知ってるやろけど、かーちゃん根っからの下僕体質やねんもん、ご主人様がおらんと調子出ぇへんのよ。なあってば」

　答えは、さっぱり返ってこない。

　小さな額の中からは今日も、もみじがあのまなざしでこちらを見上げている。

村山由佳（むらやま・ゆか）

1964年東京都生まれ、軽井沢在住。立教大学卒業。93年『天使の卵―エンジェルス・エッグ―』で小説すばる新人賞を受賞しデビュー。2003年『星々の舟』で直木賞を受賞。09年『ダブル・ファンタジー』で中央公論文芸賞、島清恋愛文学賞、柴田錬三郎賞を受賞。近著に『燃える波』『猫がいなけりゃ息もできない』『はつ恋』『まつらひ』などがある。

初出　　ホーム社文芸図書WEBサイト「HB」http://hbweb.jp/
　　　　2018年8月〜2019年1月掲載
装丁　　望月昭秀（NILSON）
題字・写真・イラスト　村山由佳

もみじの言いぶん

2019年3月30日　第1刷発行

著者　　村山由佳（むらやまゆか）
発行者　遅塚久美子
発行所　株式会社ホーム社
　　　　〒101-0051 東京都千代田区神田神保町3-29 共同ビル
　　　　電話　編集部　03-5211-2966
発売元　株式会社集英社
　　　　〒101-8050 東京都千代田区一ツ橋2-5-10
　　　　電話　販売部　03-3230-6393（書店専用）
　　　　　　　読者係　03-3230-6080

印刷所　凸版印刷株式会社
製本所　株式会社ブックアート

定価はカバーに表示してあります。
造本には十分注意しておりますが、乱丁・落丁（本のページ順序の間違いや抜け落ち）の場合はお取り替え致します。購入された書店名を明記して集英社読者係宛にお送り下さい。送料は集英社負担でお取り替え致します。但し、古書店で購入したものについてはお取り替え出来ません。
本書の一部あるいは全部を無断で複写・複製することは、法律で認められた場合を除き、著作権の侵害となります。また、業者など、読者本人以外による本書のデジタル化は、いかなる場合でも一切認められませんのでご注意下さい。

©Yuka MURAYAMA 2019, Printed in Japan
ISBN978-4-8342-5327-6 C0095